우리의 사랑은 늘
시험에 들 테지만

우리의 사랑은 늘 시험에 들 테지만

한시원 지음

목차

제1부

가을 단상

당신이 가고픈 그 어디라도
바람은 먼저 불어 가 닿고
당신이 머물다 간 그 어디라도
뿌리를 내리고 자라는 꽃들은 있네

찬 서리 모진 비바람 속에도
멈추지 않고 걷는 이가 있고
막다른 곳인 줄 알았던 길 끝에서
다시 더 높은 곳을 향해 잇닿은
길이 나타나기도 하네

어느 계절을 살고
그 어디에 머물더라도
저 홀로 피고 져야 하는 숙명을
거스를 수는 없으니
속절도 없는 생을 살다 간들
이를 앎에 서러울 리가

문득 멈춰 선 바람에서도
낮게 드리운 슬픔이 묻어나는
이 가을에
그려 보는 그리운 이가 있어

천년을 엇갈린 생을 살더라도
차마 아프기만 할 리가

그립다는 말 대신

당신을 바라보는
내 두 눈동자의 떨림
지난 일을 잊은 채로
돌아서던 그 발길
나는 아무 말도 하지 못하고
당신 앞에 서 있었습니다

모든 것이 온화해 보이던
가을의 어느 날
꽃이 지고, 나뭇잎들이 흩날리는
계절의 어디라도
눈물에 젖지 않은 곳이 없었고
바람이 지나간 길을 따라
모든 날들을 지워 보려 걸음을 옮겨도
당신이 그립지 않은 순간이 없었습니다

당신이야
쉽게 나를 잊은 채
볕 드는 양지 녘에서
누군가와 다정히 기대어
예전의 나와 그랬듯이
사랑을 속삭이겠지요

아무것도 잊지 못하고
제자리걸음에 지친
나의 쓸쓸한 뒷모습을 배경으로
가을비가 내립니다
모든 절정에 선 아름다운 것들을
흩뜨리고 금세 시들게 하는
더욱더 아픈 비가 내립니다

떠나고 남은 모든 것은
비에 젖어 거리를 나뒹굴며
잊혀 갈 것입니다
그렇게 사랑했던 기억들 또한
비에 젖어
천천히 지워져 갈 것입니다

외롭고 쓸쓸한 모든 것에는
각자만의 별이 있습니다

기가 막히고
너무 아픈 삶 저편 어딘가에는
언젠가 우리를 맞아 줄
우리 각자의 별이
반드시 빛나고 있으리라는 걸 알기에
망연하고

너무도 지친 몸을 일으켜
다시 크게 심호흡을 해 봅니다

뜨고 진 모든 삶들과
가고 없을 수많은 껍데기들 사이로
조용히 운행하는 나의 별빛을 바라봅니다

이연

하물며 눈 내리거나
문득 가슴 저리거든
내 서러운 마음을 추슬러
하늘 한번 올려다보리
이 삶에서
다 하지 못한 사랑

떠나서 오지 않는 것은
온통 다 내 것인
이 삶의 낱낱 슬픔
마디마다 눈물 맺힌
그 세월들을
내 먼저 마중해 품었으니

하물며 세찬 바람 일어
갈꽃잎 흩날리거나
이 사무침이 더 깊어지면
노을을 심지 삼은
등불 하나 밝혀
영영 못 오실 그대를 맞으리

봄비를 맞으며 그대를 그릴 때

이렇게 아픈 사랑을 우리는 왜 하나요
아무리 애타게 그리워해도
엇갈리기만 하는 사랑을
왜 해야만 하나요

밤하늘에 별빛들이 아른거리며 빛나는 건
혼자 애태운 사랑 때문입니다

그 별빛마다 진정한 행복을 빌어 주는
마음이 깃들어 있을 때
우리는 당신의 사랑이 높고
드넓고, 또 그 어떤 사랑보다도
애틋했다는 것을 압니다

당신의 사랑으로 인해
세상이 얼마만큼은
자정되었다는 것을 압니다

혼자 아프기만 한 사랑은
혼자만 아프면 되기에
누구도 다치지 않고
더 깊은 사랑으로 이어집니다

더 깊은 사랑의 실천을 통해서
남녀의 사랑만이
사랑이 아니란 것을 알기에
그 가슴 저림마다
마음이 자꾸 커져 가는 것을 압니다

누구 하나 사랑한다는 것이
얼마나 큰 배려를 해야 하는지
얼마나 너른 하늘을 품어야 하는지를
알면서도
이렇게 아픈 사랑을
우리는 왜 해야만 할까요

어떤 슬픔일지라도 다 품고
흘러가는 강 물결을 바라보다가
문득
이미 놓아 버린 사랑으로 인해
가슴이 저립니다

봄비가 스치는 강 물결을 따라
사뿐히 거니시는 그대가
꽃이 지듯 저만치 어여뻐서
문득
눈물이 흐릅니다

이미 져 버린 사랑이
눈이 부시도록 빛이 나
나의 그대임을 분명히 알았지만
나의 사랑은
또한 그대에게만 머물지 않는
머나먼 별을 스쳐
무수히 많은 삶의 인연들을 지나
마치 바람의 그것과 같이
산산이 흐트러져 갈 것임을 알기에
문득
그대를 애써 외면합니다

복사꽃 그대

그대 웃으면 나도 좋아
그대 미소 꽃잎처럼 펼쳐져
바람에 하늘거릴 때
나는 알았네
환하디환한 복사꽃 그대
나와 함께 같은 곳을 바라봐 주고 있음을

때로는 슬픔이 깊어져
그대를 까맣게 잊은 채로
바람에 떨고 있을 때도
나는 알았네
환하디환한 복사꽃 그대
이미 내 맘에 아로새겨져 빛나고 있음을

이 세상 모든 길은
그대에게 가닿고
복사꽃처럼 눈부신 그대는
언제나 내 안에 사네

내 안에서 늘 빛나는 복사꽃 그대
그를 알기에
나 어느 세월을 살든
변함없이 환한 미소를 지을 수 있네

너 없는 동안

너 없는 동안
홀로 견뎌야 할
내 그리움은
얼마나 더 깊어져서야
멀고 먼 너에게 닿을 수 있을까

떨어지는 낙엽 한 잎에도
세상이 기우는 걸 알았고
발목을 스치는 풀잎 한 줄기에도
가슴을 베여서는
오래도록 흐느끼다가
추억이 드리운 오솔길을
다시 걸어 볼 수 있기까지
얼마나 숱한 별과 별은 서로 엇갈렸고
얼마나 창백한 낮달은 뜨고 졌는지

내 안에는 늘 쓰라린 밀물이 일어
목젖까지 차오른 적 많았건만
때때로 남은 생을 견디며
우리 사랑을 기리는 것도
의미 있으리라 믿었기에

나 이 모진 삶을
너 없는 동안 살아가네

노을 어린 두 눈을 들어
바람이 먼 별을 어루만지듯이
오늘도 너를 그리워하네

최재훈 그림

꽃이 지네 1

그대가 오시지 않는다 하여
이 기다림이 아프기만 한 건 아닙니다
계절이 바뀔 때마다
불어오는 바람결이 달라지듯이
제 마음속에 깃든 계절도
그대로 인하여 시시각각으로 변합니다
그렇다한들 꽃과 나비가 어우러지듯이
그대와 제가 함께할 수 없음을 알기에
쓸쓸한 가을이나 겨울이
제가 사는 계절의 팔할임을 고백합니다
이따금 빗줄기나 여린 꽃잎으로
들르실지도 모를 그대를 위해
봄꽃들과 비 맞아 부푼 풀잎들도 속한
계절을 아니 살아 본 것도 아니지만
그럴 때마다 늘 홀로라는 생각에 사무쳐
저는 그저 먼 달만 바라보며 한숨 짓습니다
물론 그대가 오시지 않으리란 걸
이미 안다 하여 슬프고 아프기만 한 건
아니지만
하루에도 몇 번이고 저려 오는 이 가슴은
아마도 저 또한
영영 어쩌지 못할 것만 같습니다

그대여 사랑이
한 사람만을 그리는 사랑일 때
지는 꽃잎들은 회오리가 되어
홀로 애태운 시간들을 삼켜 버리기도 합니다
때때로 슬픔이 슬픔으로만 머물러
아무것도 하지 못할 때
물결에 비친
달빛의 나지막한 속삭임이 들리기도 합니다
그렇게 또 오고 가는 이 모든 계절들이
더 깊어지고 아름다워지기까지
저는 또 한 번의 피고 짐을 견디려 합니다
그대여
그대가 영영 오시지 않는다 하여
이 기다림이 차마 아프기만 한 건 아닙니다

우리의 사랑은 늘 시험에 들 테지만 1

너는
바람결에 일렁이는 나무들이
햇살을 품고
반짝거리는 숲길을 바라본다

멀리 떠나온 우리의 약속은
어느 하나 지켜진 것이 없었고
문득
눈물이 흐른다

갈 곳 몰라 정처 없는 날들을
얼마나 더 지새워야
늘 시험에 드는 우리의 사랑은
거룩해질 수 있는가

바람이 분다
모든 것은 덧없고
우리 사랑의 약속도 부질없는 것을
우리는 이미 알고 있었다

너는
바람결에 일렁이는 나무들이
봄빛을 품고
반짝거리는 숲길을 바라본다

우리는 늘 고독에 취해 있느라
꿈꿔 온 생의 한때가
바로 지금 이 순간이라는 것을
까맣게 잊은 채 지나쳐 버린다

너는 젖은 눈망울로 나를 바라본다
그 순간 한층 더 짙어진 슬픔은
맑고 투명한 빛이 난다는 것을 알았다
아득한 숲길 위로 꽃잎들이 흩날린다

겨울꽃

발길 뜸한 개울가에
몇 쌍의 잠자리 떼
날개 편 채 고여 있어요
매서운 북풍 불면 불수록 더 세게
서로의 날개를 감싸안으며
몇 겹으로 피어
맑은 목소리 속삭이며
기다리고 있어요
저렇게 떼 지어
서로를 포근히 감싸안은
우리들 눈물의 결정 같은 살얼음

낮달

가슴에 울컥 고인 너를
며칠을 울며 그리다가
간신히 고개를 들면
너는 서럽지도
아프지도 않은 것처럼
아득하기만 한데
다만, 지척에 오동잎 떨어지는 소리
바람에 흔들리는 풀잎들이
더 낮게 흐느껴 우는 소리

너는 이미 잊었다고 깊어만 가는데
나만 비틀거리며
이 먼 길을 가네
나만 애타게 너를
손짓해 부르네

제2부

해바라기꽃들이 불타오를 때

그리고 해바라기꽃들이 불타오를 무렵
노을을 배경으로 선 당신은
눈물을 삼킨 채
흐느끼는 어깨의 떨림만으로도
나를 끌어당기고 있었습니다

당신을 울리는
모든 근원을 없애고 싶었던 나는
어떤 집착이나 바람 따위가
있던 것은 더더욱 아니었습니다
노을을 배경으로 둔 당신의 슬픔에
그저 동조한 것이었을 뿐
곧 별들이 돋아날 노을 너머로부터
점점 더 짙어 오는 어둠을
예의주시하고 있었습니다

동화된 어떤 이는
목숨조차 기꺼이 건넬
준비가 되어 있기도 하다지만
당신을 위로한다는 것은
이미 하나의 별이 되어

나를 끌어당기는 당신에게
약간의 중력을 더하는 것

우리 마주한 두 눈이 머금은 눈물 안에서
해바라기꽃들은 불타오르고
수많은 별빛들은
우리의 중력권 안으로 빨려 들어
소용돌이치며 더욱
빛을 발하기 시작합니다

때로 동화된 삶들은
서로가
태양을 따라 도는 해바라기처럼 이끌리어
별들의 경계 저편을 아우르는
서로의 구심점이 되기도 하는 것이었습니다

당신을 사랑하기로 했습니다

사월의 어느 하루 종일
나는 나도 모르게 눈물이 흐릅니다

강 물결을 따라
별들이 돌고, 꽃들은 피어
나와 함께 울어 주리란 걸 알았지만
그 무엇과도 상관없이
문득 더 서러워지는 날이 있습니다

언덕 위를 오르는 나무 그림자 아래
기다리는 울컥거림도 오래였지만
이런 날은 하도 어여쁜 노을이 지어
문득 죽고도 싶었습니다

그 죽음이 이미 오래인 물길 저편으로
갈대꽃에 맺힌 이슬들이
바람에 날리는 것을 바라보면서
아니 나도 함께 흩날리면서
문득 당신을 사랑하기로 했습니다

가슴 안에
무거운 돌덩이를 들어앉혀야만 하는

이 아프고 아플 사랑을
어렴풋이 짐작할 수 있었지만
어쩔 수 없는 일이었습니다

한마디 말도 하지 못하고

그사이 눈물은 흘러
어느덧 멈출 줄을 몰랐고
이별을 끄덕이는 마음만이
텅 빈 벌판을 서성입니다
더 거세진 빗줄기는 눈물에 뒤섞여
그칠 줄을 모르고
사랑을 다한 쓸쓸한 계절의 풀잎들이
비바람에 나부껴 꺾인 자리마다
나 또한 주저앉아 울고 있습니다
사랑이 아닐지도 모른다는 걸
의심하면서도
혼과 열을 다한 세월이 안타까웠고
그로 인해 쭉정이만 남은
내 생애가 너무도 초라해 보입니다
죽음 외에 다른 이별을
생각해 본 적이 없는 터라
당신만큼 담담하지 못한
나의 이별을 대하는 태도에도 화가 납니다
한마디 말도 하지 못하고
멍하니 당신 앞에 선
그 잃어버린 시간들이 일시에 허공에 떠서
빙빙 맴을 돌며 사라져 가는 것을

나 또한 흐릿하게 지워져 가며
오래도록 바라봤습니다
지평선 이 끝에서 수평선 저 끝으로
멀어져 버린 당신을 바라보는 나는
한마디 말도 하지 못하고
눈물을 삼킨 채
모진 비바람을 맞으며 서 있습니다
아무것도 남지 않은 일생이
흩날리면서
잎잎이 무너져 내리는
쓸쓸하고 아픈 계절이 한창입니다

별

별이 진다
어둠이 피어 만개한 곳곳에서
별은
자기 소명을 다했다는 듯이
천천히 식어 간다
어둠에 비해 훨씬 미약했던 것
하지만 모든 열과 성을 다해
빛을 발했던 별들이 진다
별이 진다는 것은
육신에 이어 혼마저 태우려는 것
모든 것을 정점에 몰아넣고
스스로 재가 되어
맨 처음의 고뇌와
슬픔이 잉태한 최선의 끝에서
세상을 정화하겠다는 것
숱한 눈물방울들을 닮은
별빛이 진다

촛불

그대를 그리워할 때마다
발길 이리 흩날리듯이
아프다는 것과
슬픈 것 어디쯤인가에서
정처 없이 노을 속에
눈물을 묻는다

언제 어디서라도
늘 목메던 건 나
그 그리움으로 하여
몇몇 걸음은
이미 그대에게
가닿은 적도 있었으리

산길을 걸어

산길을 걸어 나를 찾아 나섭니다
분분한 내가
하나의 나로 귀결될 때까지는
더 고단하고 숨 가쁜 산길을 올라야 합니다
제비나비랑
어린 새끼를 등에 업고
수풀 속으로 사라지는
참개구리를 만나고
지난 폭우로
덜 여문 상수리알들이 떨어져
나뒹구는 것을 보았습니다
산이 깊어 점차 나는 산과 하나가 되고
산이 깊어 걸으면 걸을수록
점차 깊어지는 나는
어느 산마루에서는
우두커니 서 있는 팥배나무가 되고
어느 숲속 공터에서는
작은 다람쥐의 숨결도
살필 줄 아는
초가을 볕이 되어
내 안에서나, 내 밖에서나
언제나

사방으로 열려 있어야 한다는 것을
나뭇잎마다 반짝이는 생기를 불어넣으며
불어오는
갈바람에 기대어 되짚어 봅니다

가을 엽서

가을 속을 걸었습니다
빛이 드문드문 비추는 잎들 사이로
이미 떠난 이들의 뒷모습이 보였습니다
흐트러진 흙길이나 작은 조각돌들이
밟히는 소리 외에
이따금 정적에 휩싸인 나는
숲길이 아닌 어느 외딴 공간을
걸었었던 듯도 합니다
과거로부터 먼 미래에 이르기까지
존재하는 그 누구라도
가끔씩은 증발하는 경우가 있습니다
하여 가을은 쓸쓸함으로 텅 빈
발길들을 거듭 품고
그 발길들은
각자만의 먼 별을 찾아 나섭니다
누구든 떠나가는 가을 속을 걸었습니다
멀리 나뭇잎들 사이로 보이는
조각 하늘마다
오랜 부재를 채우듯이
별빛들이 하나둘 켜지고 있었습니다

조정숙 그림

네가 오는 길목 어귀에 서서

긴 그림자가 질 때쯤이면
네가 오는 길목이
조바심으로 일렁이곤 했다

길을 잃는다는 것과
길을 걷는다는 것이
반드시 누군가와 함께 길 위에
서 있느냐로서만
달리하는 것은 아닐 테지만

우리는 저 길목을 오가는
수많은 사람들 속에서
몇 번인가는
길을 잃고, 또 몇 번인가는
나란히 길을 걷게 될 것이다

서로에게로 향하지만
서로로부터 어긋나기도 할
저 길목

가슴속에 조바심이
무덤덤해지고
더 이상 아무런 감흥도 없게 될 때

누군가에게로 향하는 마음들은
어떤 굴곡들을 지닌
그림자를 가질까

나는 주저주저하며
또 조바심을 내기도 하며
길목 어귀에 서서
길어진 그림자에 이끌리어
꽃이 피듯 내게로 오는
너에게
환한 미소를 띄워 보낸다

즈정숙 그림

봄비처럼 그대 곁을 맴돌다가 문득

누군가를 위해
무언가를 하고 싶다는 생각이
처음 들었다면
당신은 사랑을 하고 있는 것이다

무언가를 위해 애태우고
또한 조바심도 내야 하는 봄날처럼
두근거리는 마음 안에
언뜻언뜻 연둣빛이
비치기 시작한 것이다

누군가를 위해
무언가를 하고 싶다는 생각이
떠나질 않는다면
당신은 여전히 꿈을 꾸고 있는 것이다

꺼질 듯이 시들어 가던
가슴속에 촛불이
다시 일렁이며
타오르기 시작했다는 것이다

제3부

천사가 온다

나뭇잎과 나뭇잎 사이
별빛과
어느 높새바람 사이
번지는 눈물과
그 가만히 감기는 눈꺼풀 사이
아니, 내 모든 감각 속에
느껴지는 공기의 밀도 사이
어쩌면 민폐인 나의 들숨과 날숨 사이
어둠과 빛의 경계 사이
천사가 온다
천사가 온다

모든 고달픔과
가난이 대물림되는 나날들과
오늘을 못 넘길 듯한 어린 자식을
애써 미소 지으며 보내는
어미의 미어지는 절규 사이
그 마음 아픈 눈인사 사이
언뜻언뜻 빛이 들 듯이
천사가 온다
천사가 온다

우리는 죽음을 알고
가난을 알고
가슴이 미어질 듯한 슬픔을 알고
사랑을 알고
용서를 알고
바람결 사이로 드나드는
천사의 손길을 아네
언젠가 한 번쯤은 안겨 봤을
포근한 깃털의 감촉을 알고
노을 속으로 떠나보낸 이들의 이름과
익숙한 얼굴들을 아네

모든 절망과
오랜 기다림과
영영 이루어질 수 없을 것 같아
상처 입고 고개 숙인 꿈들 사이
천사가 온다
천사가 온다
기필코
천사가 온다

빛의 말

아마도 오래전의 얘기지
아무도 가엾지 않을 어느 시초로부터
너는 너의 이마에 새겨진
불멸의 말들을
잔잔한 물결 틈으로 들여다보며
먼 별들의 숨결을 느꼈느니
아마 꽤 오래된
시간 저 너머의 얘기지
태어나지 않을 것들이
지천인 풀밭 위에서
문득 피어난 꽃잎처럼
혼자 사무쳐야만 했던 아픈 얘기지
무지개가 무지갯빛 이전이었고
구름들이 형태를 이루기도 전
이 모든 슬픔들을 끌어안을
맨 처음 시작이 있어
고달프고 외로울 우리에 대한 얘기지
죽음도 불사할 사랑에 관한
빛들의 응집과 산란
그 처연한 되풀이 속에 내팽개쳐진
말 이전의 말들
그 어둠이 잉태한

징조와 여운에 관한 얘기지
다시 오고, 또 가고 없을 날들에 대한
아픈 얘기지
아마도 오래전의 얘기지

뿌리로부터

나무의 상처는 옹이나
딱딱하게 굳은 껍질이 아니다
나무의 상처는 달빛조차 지워진
자욱한 안개 속을 떠다니다가
마침내 멈춰 선
한 알 씨앗의 여정
그 자체
발화하여 뿌리를 뻗어 내려서는
별과 별 사이를 거닐며
저 홀로 깊어져야 하는
헤아림의 날들에 있다
상처는 맨 밑바닥에서부터 비롯된다
본연의 뿌리로부터 시작되어
마침내 가닿을 곳에 가닿은
상처의 깊은 속성
그 가장 낮고, 아픈 곳으로부터
새살이 차오르듯이
먼동이 터 온다

길 밖을 걷는 자의 노래

길을 잃은 걸음이
길 밖을 향해 걷고 있다
허공일 수도, 물속일 수도 있을
길 밖
그 길 밖을 걷는다는 것은
길 안에 고꾸라진 숱한 제자리걸음들이
절망 끝에
다시 걸음을 옮겨 완성해 낸
사방으로 열린 길을 걷는다는
의미일 수도 있겠다
그리하여
길을 잃은 걸음들이
길 밖을 향해 시도한 걸음의 횟수만큼
우리들의 희망은
궁극에 더 가까이 맞닿는 것인가
길 안에 장사진을 이룬 주검들과
길 안과 바깥쪽 경계 가득 찍힌
발자국들의 아우성
모든 길은 한 걸음의 의지로부터
비로소 시작되었고
길 안과 길 밖은 언제나 잇닿아 있다

빛의 길 1

눈은 항상 먼 곳을 바라보네
지층 깊이 뿌리를 내리고
세차게 불어오는 비바람과
노을이 진 뒤에 새로 돋은 별빛들을
온몸으로 받아들이며
눈은 항상 꿈을 꾸네

풀잎 한 줄기의 길로 들어선
달팽이가
새벽이슬들의 떨림을 가로질러
발돋움한 어떤 정점에 서서
제 가쁜 숨결을 고르는 것처럼
내면 깊숙이 얽히고설킨
넝쿨 같은 미로를 지나
눈은 항상 먼 곳을 바라보네

생각에 생각을 더해 온 이마로부터
타오르는 무언가와
그것이 가리키는 영원을 향해
눈은 항상
내면 깊은 곳으로부터 열려
마침내
바라봐야 할 곳을 바라보네

조정숙 그림

우리 어찌 사랑하지 않으리

54

한 송이 꽃에 나비가 내려앉는 순간이
누군가 그토록 애태우던 사랑이
억겁의 시간이 지나
이루어지는 거라면
어찌 멈춰 서서 바라보지 않을 수 있겠나

한 그루 나무에 새가 날아드는 저 모습이
태어나자마자 어미를 잃은 어린 자식이
외롭게 짧은 생을 살다가
죽고 나서야 어미 품에 안기는 것이라면
어찌 한낱 동식물로 환생해
회포를 푸는 것이냐고
소홀히 대할 수 있겠나

세상의 연이 다해 소멸한 그 무엇이라도
다시 꿈꾸며 살아나
낮고 낮아진 바람으로
밤하늘을 가득 채운 별빛으로
서로가 서로를 드나드는 것을

대지를 적시는 빗줄기로 내리는 것이
내가 사랑하는 방식이라면

생기를 찾은 풀잎으로
꼬물거리는 연둣빛 새싹으로
나를 반겨 주는 너를
내 어찌 진심을 다하여
끌어안지 않을 수 있겠나

꽃이 피고 지고, 벌 나비가 날아드는
수천수만의 시간이 쌓이고 쌓여
너와 내가 이 모든 것을
느끼고 바라보는 것이라면
우리 어찌 함께 사랑하지 않을 수 있겠나

송가

당신을 내 안에 들어앉혀
억지로 잡아 두고서
놓아주지 않은 것이
어느 순간
집착이라는 것을 알았네

사는 동안
함께하지 못했다는 미안함으로
줄곧 당신을
가슴에 품고 살아왔지만
자유로이 나뭇잎을 흔들고 가는
바람결을 무심히 지켜보다가
내 안에 있는 당신도
저래야만 한다는 생각이
문득 들었네

죽어서조차
온전히 내 것이기를 바라
내 안에 꼭 가둬 두었던 당신을
이제
하늘 저 너머로 떠나보내네

생의 모든 미련
훨훨 벗어던지고 자유롭도록
이제 내 안에 갇혀 살던 당신을
하늘 저 너머로 보내 드리네

세상 저 끝에서
스스로 깊어져서는
언젠가 맑은 별빛으로
꽃피어 날 당신

그 가슴 아린 반짝임을
한참 동안을 바라보게 될 나

시시때때로
나 또한 당신이 마지못해 놓아준
한 줄기 바람이라는 것을
알겠네

우리의 사랑은 늘 시험에 들 테지만 2

간밤에 별들에 건넨
우리의 슬픈 말들은
영영 어느 별에도
가닿지 못했을 겁니다

자신의 그리움으로 하여
생명을 다하고 저무는
별의 기억을 저마다 간직하고 있어
우리는 더 사랑할 수밖에 없는
이 순간들을 살아 냅니다

꽃이며 나무의 이름
하나하나를 지어 부를 수 있기까지
수많은 엇갈림의 날들을
지새워야 했지만
짧았던 찰나의 기억 어디라도
우리는 서로를 느낄 수 있었다는 것을
확신합니다

어느 별에도 가닿지 못한
그 슬픈 말들도
가냘픈 메아리로 허공을 떠돌다가

슬픔의 깊이를 더하고 더해
언젠가 충만해지면
우리 서로의 아픔을 어루만져 줄 수 있는
한 줄기 빛이 될 수 있다는 것을
믿습니다

누군가를 사랑한다는 것은

누군가를 떠나보내고
남겨진다는 것은
한없이 외롭고 쓸쓸한 일이다
떠나보낸 그가 진정 사랑하는 이였다면
더욱더 그런 것이다
그렇다면 남겨진 이는 어떤 마음가짐으로
홀로 된 삶을 이어 가야 할까
계속된 그리움과
안타까운 마음에만 빠져 살아야 할까
물론
떠나간 이를 그리며 때때로 우리는
머뭇거릴지도 모르겠지만
그러한 마음을 잘 추슬러
남은 생을 최선을 다해 살아 내는 것 또한
응당 남겨진 이들의 책무일 것이다
그렇기에 누군가에게 마음을 주고 사랑한다는 것은
언제 서로에게 무슨 일이 생기더라도
사랑하는 이에게 부끄럽지 않은
생을 살아 낼 것이라는 굳건한 맹세와
그 책임을 다하겠다는 뜻도
함께 포함된 것인지도 모른다

제4부

강 깊이 더 깊은 강이 흐르고

그의 됨됨이나
그의 유년시절에 대해
우리는 굳이 알아야 할 필요는 없다

그의 가난과
그의 사랑이 어떻게 진화하여
때때로 막다른 곳에서
빛으로 화하고
절망의 틈바구니를 비집고
꽃으로 피어나는 것인지
우리는 굳이 고찰하고
난도질하여
도마 위에 살 발린 횟감처럼
그를 전시할 필요도 없다

그의
겉으로 드러난 강 속으로는
더 깊은 강이 흐르고
바라볼 때마다
반짝이며 갱신되는 강의 떨림

사람을 바라봐 준다는 것은
헤아린다는 것
더 깊이 흐르는
강의 울음소리를
가만히 귀를 열어 들어 준다는 것

누구나 보이는 강 깊은 곳
더욱더 깊은 곳에는
또 하나의 강이 흐른다

극광 3

더 높은 하늘로
날아오르기 위하여 새는
세상의 모든 절망과
늘 맞서 싸워야만 한다

그것이 더 높은 곳에서의 추락을
동반하고
더 깊은 좌절을 맛보게 할지라도
그것은 날개를 지닌 새의 숙명

그러므로 새는
알로부터 깨어나
자신이 지닌 날개의 격정과
바람을 타고
창공을 가르는 숱한 노역 끝에
마침내
자신만의 목청을 갖고
노래할 수 있다

어쩌면 노을은
세상의 모든 절망에 맞서 싸우며
피를 토하고 죽어 간

새들의 무덤

어둠이 깊어지면
성호를 그으며
그를 기리는 유성들의 행진

하물며
이를 알아보고
노을에 젖어 빛나는
눈동자들의 떨림이여

새는
그 눈동자들을 배후 삼아
무쇠로 된
더 높은 하늘일지라도
기꺼이 들이받으며
마지막 울음을 운다

빛의 길 2

춥고 외로운 사람을 사랑하려면
길을 잃어야 하리
움켜쥔 것 없는 텅 빈 손과
텅 빈 가슴에
늘 비 오고
흩날리는 진눈깨비 아득하여도
홀로 견뎌야 하리

뒤돌아보지 말아야 하리
한 번 끌어안은 그 가련한 사랑이
비록 모든 것을 잊은 채
그대를 외면할지라도
밤하늘에 별들이
어둠 속에서도 흔들리며
제빛을 다하듯이
오래 참고 아파해야 하리

춥고 외로운 사람을 진정 사랑하려면
마음 한편에
파편처럼 박혀 있는 상처에게도
꽃의 말들을 건네야 하리

그렇게 스스로도 구원을 받아
어둠을 가로지르는
한 줄기 빛으로 먼 길을 떠나서는
영영 돌아오지 말아야 하리

존재무상

어느 날인가 너는 사라진다
모서리가 닳은 책장처럼
더할 수 없는 슬픔의 길로 들어서
지워져 가는 발길처럼
내딛는 곳마다 허랑인 생의 모퉁이에서
낯선 죽음들은 일렬로 도열해
너를 맞는다
한때 너는 저들에게 건네받은
검은 표식을
무슨 훈장이라도 되는 양
늘 지니고 다녔었다
그것이 존재하는 모든 것들의 특권인 양
우쭐해하며
너는 한때 신성처럼 빛났던 너를
추호도 의심하지 않았었다
하지만 이제 모든 것이 성토되고
어떤 믿음이나, 존재에 대한 도리조차
더 이상 네 것이 아닌 지금
시간이 뒤틀려 버린 어느 지점인가에서
너는 너의 흐릿해져 가는 기억을 더듬어
무언가를 떠올리려 하지만
그것은 그저 구름의 형상을 살피거나

목적 없는 도돌이표처럼
어떤 문장 위를 서성이는 일
삶은, 그렇다
그것은 모든 무용성을 감안하고서도
너는 여전히 이해할 수가 없다
어떤 사소한 대칭성의 붕괴로부터
너는 어떤 막다른 지점을 마주하기 위하여
이 길에 들어섰는가
오, 석판에 새겨진 불의 이름과
달리할 수 없이 받아들여야만 하는
고통의 가학적 스펙트럼이여
스스로의 중력에 붕괴된
빛들의 아우성이여
우연이 야기한 필연의 슬픔 속에
존재는 나부낀다
그러나 그 나부끼는 깃발의 효용성에 대해
너는 여전히 알 길이 없다

집으로 가는 길

맨발을 간지럽히는
초지 위에
이슬을 밟고서 네게로 가네

더운 이마를 식혀 주던
냇물의 반짝임들도
더불어 네게로 가네

생은 힘겹고
고달파
언제나 눈물겨워라

저 멀리 아롱져 빛나는
밤하늘의 별빛들도 데리고
너에게 가네

최재훈 그림

가을 숲에 들어

가느다란 줄기가 줄기로 이어져
빛나는 잎새들이 서로 어우러진
여울 아래 서 있었다
여울은 내 머리 위에서
또 다른 물결의 흐름과 빛의 산란을 품은 듯
눈부셨으며
때때로 반짝거리는 잎새들의 떨림이
당도할 곳조차 없이 멀리 퍼져 나갔다가는
다시 되돌아오는 것을 오래 바라다보았다
그 깊은 여울 속에
문득 슬픔으로 빚어진 상념 하나가
둥글게 파문을 지으며 퍼져 나간다
어쩌면 저 잎새들이 그려 내는 모든 것은
먼 과거의 잔상인지도 몰라
다다를 곳 다한 팽창력이
그리다가 만 세상의 끝에서
우리는
어찌할 줄 모르고 반복되는
세상의 고뇌에 시달리느라
늘 외롭고 쓸쓸한 것인지도 몰라
하지만 다다를 곳 다한 슬픔이
끝끝내 꽃을 피운다

나는
가느다란 줄기가 줄기로 이어져
서로를 의지해 자라나는
푸르른 빛의 생명력을 체감한다
가을 숲에 들어
스스로 죽음을 수렴하고
새로운 생명의 씨앗들을 잉태한다는 것은
결국 제빛을 다하고 죽음을 맞은
수많은 별들의 꿈이 이뤄지는 순간이라는 것을
이제 붉게 물들어 갈
가을 잎새들로부터 전해 듣는다

간이역에서

그리 슬피 우는 새 떼들 속에
너 또한 울고 있었다
그 천형 같은 운명에 귀의한 채
철 따라 하늘에 수를 놓은 눈물의 입자며
때때로 노을에 물들어 바람을 켜던 날개여
그러나 하나를 포기해야 얻어지는 것은
그믐밤을 맴돌아야 하는
쓸쓸함 같은 것을 내포하는 것
가슴에 새겼던 사랑으로 인해
치솟는 슬픔의 곡조가
온통 몸 안을 물들일 때면
하염없이
먼바다를 바라봐야만 했던 날들이여
그리 세월은 가고
먼 풍문 속에 들려온 너는
어느 날 태양을 향해 사라져 갔다고 한다
흰 눈송이가 깃털처럼 날릴 때면
모든 것을 등지고도 그 아팠을 네가 떠올라
저 하늘 끝에 점점이 박혀 돋아나는 별들 중
그 어느 하나가 너라는 걸 안다
그렇게 태워 버린 목숨으로 인해
세상 한 귀퉁이는 적어도 밝아졌다는 것을

갈댓잎들이 쇠하고, 하늘이 더욱더 깊어지면
새 떼들이 지나는 길목마다
외로운 누군가가 서성이는 간이역이 나타난다

언제나 너는

한 잎 잎새 뒤에 숨어 너는 내게 말한다
마음속 깊이 드리워진
안개를 헤치고 나아가야
비로소 보이는 너
너는
풀꽃이나 나비의
다른 모습인지도 모른다
내가 존재하기 전부터
줄곧 이곳에 있어 왔고
내가 죽은 뒤에도
계속 이곳에 존재할 너
너는 어쩌면
모든 스쳐 지나간 존재들이
찾아 헤매던
영원의 파랑새
너는 아무나의 눈에 띄지는 않지만
누구든지 바라볼 수 있도록
밤하늘을 관통하는
무한한 잠재력을 지닌 한 줄기 빛
문득 고개를 들어
푸른 허공을 가만히 응시하거나
먼 수평선을 바라볼 때면

너는 어느 구름 위나
어느 맑은 바람결 뒤에 숨어
내게 장난을 걸어온다
혹여, 내가 감당할 수 없는 슬픔에 젖어
삶을 외면하려거니
모든 것이 덧없다는 것을
새삼 깨달았을 때에도
너는 항상 내 어깨 위에 걸터앉아
말을 건네 온다
세상 모든 슬픔을
다 끌어안아 본 영혼이
어느 곳을 바라보고
나아가야 하는지
너는
불어 가 볼 곳 다 불어 가 본 바람결이
세상 가장 낮고
가난한 곳에 내려앉아
누군가가 흘리는 눈물을
닦아 주듯이
세상에 등 돌리려 하던
나를 위로하며 일으켜 세워
다시 한번
저 먼 별빛을 향한 발걸음 내딛게 한다

달팽이

한 송이 꽃이 그리워한
바람 저 너머에는 무엇이 있나
별빛 머금은 밤 풀잎들이
두 손 들어 고이 받쳐 준
슬픈 발걸음들은
어느 풀숲 속에서
제 그리움을 삭이며 울고 있나

어떤 존재든 미완인 채로
살아가기에
무엇인가에 목이 말라
항상 애가 타지만
그 애태움 속에서도
이따금 꽃잎이 흩날리는 길을
걸어 보기도 했으니
무슨 회한이 있으리

풀잎 끝에서 또 다른 풀잎 끝으로
가는 걸음걸음이
오롯이 혼자의 노고로만
이루어지지 않았음을 아느니
내 느린 걸음이

이윽고 시간이 다해 멈춰 서게 되면
늘 한결같았던 한 누추한 이가
꽃이 피고 지듯이 살다 갔다는 것을
별빛을 품은 풀잎들은
문득
한 번쯤은 생각해 주리

우리의 사랑은 늘 시험에 들 테지만 3

소나무 숲 사이로
높새바람이 불어옵니다

이 삶에서 잊힌 만큼
당신을 그리워하고
서서히 지워져 가는 기억만큼
당신을 떠올립니다

맞잡은 손 놓지 않고서
함께한 모든 순간들을 돌이켜 보면
우리의 사랑은 늘 시험에 들었었지만
그래도 참 고맙고
소중했습니다

산 정상에 올라
늘 함께 거닐던 서해랑길 저 너머
반짝거리는 바다를 바라봅니다

남은 날이 머지않기에
더 애틋한 하루하루를
아껴 삽니다

모든 것을 다 잊는다고 해도
바람보다 더 자유로울
우리만의 시간이 오는 것을 알기에
가을 햇살보다 더 환한 미소를
지어 봅니다

제5부

하늘을 오르는 계단

빛에 휩싸인 미끄럼틀 위에서는
늘 바람이 불어오고
불어 가는 방향이 보였다
나는 여지없이 가난한 아이였으므로
그 바람의 간절한 발걸음을
알아볼 수 있었고
그 바라볼 줄 아는 행위로 하여
이따금 나는
영명한 빛의 어느 지점으로 들어서서
낯선 풍경 속에서 전해지는
영적인 것들과 조우하기도 하였다

방과 후
모두가 떠난 텅 빈 운동장은
어느덧 어둑어둑해지고
아무도 찾으러 올 이 없는
바람의 성역에서의 긴 그리움!
그래, 그랬었다
어떤 날의 빗속에서는
그 커다란 느티나무 아래에서
어느 구월의 자욱한 안개 속에서는
철봉에 거꾸로 매달린 채

나는 내 내면 깊은 곳으로부터 샘솟는
망망한 그리움의 정체를 밝히려

늘 그 먼바다를 바라다보곤 하였다

햇살에 몸 비트는 물결들의 뒤척임 속에서
생각은 빛살들에 의해 전이되어
어디에든 이를 수 있었고
때때로 그곳은 모든 그리움들이 다다른
종착지였는지도 몰랐다

지금은 한없이 낮고, 작아져
나를 맞아 주는 미끄럼틀 위에 서면
아직도 바다는 나를 향해 손짓하며
노을에 물들어서는
그 옛 그리움이 그리던 빛 속으로
여전히 나를 이끌고 간다

그곳은 어디인가
모든 애틋한 간절함이 모여
날개를 해 달고, 사방으로 날아올라
환한 빛을 온몸으로 맞는
그 고요한 성지는
누가 누구에게 전해 준
꿈의 편린인 것인가

하늘을 오르는 계단 위에서
빛에 휩싸여 날아오르던

꿈들의 수많은 발자국은
어디에 머물다가
흰 눈송이로 내려와
왜 그 어린 소년의 눈가에 맺혀 반짝였는가

보이지 않지만 분명 존재하는
저 빛의 손길들과 이 이끎들은
어디로부터 비롯되어
이토록 가슴 저린 꿈을 꾸게 하는가
어둑어둑해진 운동장을 가로질러 가면
언제나 빛에 휩싸여
여러 꿈들의 손때가 묻어 반들거리는
그 미끄럼틀이 보인다

최재훈 그림

벙어리장갑

햇빛이 가려진 자리
울컥하며 꽃은 피어 금세 빛이 바랬다
오랜 추억이 점점 탈색되어 가듯이
듬성듬성 웅크리고 앉은 곳마다
바람이 일어
그 아이를 흩뜨려 버리는 것 보인다
당도할 곳이 없던
더딘 발자국이 멈춰 선 자리
무채색 강기슭의 풍경이며
목젖까지 차오르던 물결의 단단함이여
뒷모습조차 창백히 가려진
시간을 건너
몇 개의 유성이 빠르게 지나간 뒤에
얼음장 아래로 건네주고
두 번 다시 건네받지 못한
그 벙어리장갑은
아이와 나를 잇는 낱실로
아득히 서로 연결되어 있었더랬다

너를 가르치려 할 때마다 눈물이 난다

너를 가르치려 할 때마다
슬픔이 밀려온다
삶을 대하는 자세가 어떠해야 하는지
이미 의미 없어져 버렸는지도 모르는
생의 길목에서
어떤 가치를 추구해야 한다는 것이
과연 무슨 의미가 있을까 하는
자괴감이 들기 때문이다

어른이 어른답지 못하고
조국을 위해 일생을 헌신한 독립투사들의
기품 있는 가난이
매국노들의 철옹성 같은 재력과
비뚤어진 사고방식 앞에서
때로는 웃음거리가 돼 버리는
세상이 두려워진다

너를 가르치려 할 때마다
슬픔이 밀려온다
비록 가난하겠지만
주눅 들지 말라며
약삭빠르지도

줄을 설 줄도 몰랐던
내 자존심만 앞세운 삶의 방식을
네게 강요해 혹여 가난해도
행복할 수 있을 거라는 헛된 믿음을
고스란히 네게 짐 지우는 것만 같아
눈물이 난다

문밖에는 거센 눈발 흩날리고
늘 살을 에는 칼바람 맹렬히 불어와
천지간도 분간키 힘겨운
어둠이 가득한데
보이지 않는 빛을 찾아
위태롭게 발길 내딛어야 하는 너에게
한낱 등불도 되어 줄 수 없는
아픔이여

하지만
그럴지라도 스스로가 빛이 되어
서로를 다독이며
이 길을 끝까지 걸어가 보자꾸나
슬프고 또 슬프면 그런 채로
서로를 밀고 당기며
한 걸음 한 걸음 나아가 보자꾸나

그렇게 어느 한 발걸음의

차오르던 분노와 치욕이
걷는 동안 꽃이 되고
어느 한 안타까운 고꾸라짐이
피와 땀 범벅으로 기어서라도
기필코 다시 이 길을 나설 때
비로소 동이 트고
천둥 같은 북소리가 멀리서 들려온다

하지만 무엇보다도
너를 가르치려 할 때마다
눈물이 흐른다
이 모든 것을 깨달은 후에도
묵묵히 갈 길을 가야 하는 너와
그 너의 오래 함께해야 할 가난과
슬픔의 깊이를 생각하면
자꾸 눈물이 난다

넝쿨과 나

이른 여름
가시넝쿨은 나를 휘감은 채
불붙어 타오른다
내 머릿속을 천천히 잠식해 들며
점점 더 나의 몸을 옥죄어 온다

아찔한 어지러움과 살을 에는 고통 속에
온 힘을 다해서
가시넝쿨을 벗어나려 하면
더욱 거칠어지는 뿌리 힘을 기반 삼아
나를 에워싸며 달려드는
날 선 가시들의 드높은 으르렁거림

피에 굶주린 흡혈 벌레들과
독나방들이 떼를 지어 날아들 때
우리는 고통에 일그러진 얼굴을
검붉은 잎사귀 뒤에 숨기고
하나가 되었다
천형을 받아들여야 하는
기구한 운명으로 인해
서로가 서로를 아프게 끌어안은
우리는

오래된 집

빛이 발하는 기억을 더듬어 가다 보면
그 작지만 따스했던 마당에서는
정감 있는 공기의 기운이
드문드문 묻어나기도 하였다
오래 만지작거려 반들거리던 작은 조약돌 같은
어린 시절의 주머니 속 소중한 것들처럼
무채색이고 아렸던 추억들도
어루만져 준 만큼
이따금씩은 빛난다는 것을 안다
오래될수록 더 그리움이 깊어지듯
모든 경계가 허물어지는 순간이 있다
육체가 흙의 일부가 되고
종국에는 먼지가 되듯
나조차 이미 내가 아니란 것을 안다
한낮의 고즈넉한 언덕 위에서
쏟아져 내리는 빛의 폭포 속에 휘감겨 들 때
내 온 촉각을 어루만지는
눈부신 바람의 떨림이여
사는 동안 오래된 집은 이미 허물려
없어져 버렸지만
내 안에 숨 쉬는 야트막한 부뚜막과
깨진 기왓장 한 조각조차

이미 나를 이루어
나와 함께하고 있다는 것을 안다

합장

바닥을 향한 날개들의 격정을 보라
누구보다 가열하기 위한
저 주검들의 포즈를 보라
한때 우리는 솟구치기 위한
솟구침의 효용성만을 배우고 가르쳤노라
답습에 답습을 위한 담합과
허공들의 설파에
막무가내로 형성된 자아들은
날아오르지 못하는
스스로를 좌시치 않았느니
다다라 봤자 상승하는 허공에
허공을 더한 행위이며
더 높이 날아올라 봤자 별 감흥 없는
나날에 또 하나의 객사의 날을
더했던 것일 뿐
뉘라서 이를 치장한들
세상이 달라질 것인가
본인조차 의문인 그 어떤 깨달음이 있어
만주벌판을 말 달릴 것인가
위든 아래든 어딘가로 향한다는 것은
서로를 내포한 교집합의 접점을
구현하는 것에 다름 아닌

제자리 걷기란 것을
개와 새가 합쳐진 개새들의 날갯짓과
심해 열수분출공 사이를 어그적거리는
장님게들의 행보 속에서
새삼 또 알게 된다

불타오르는 너의 이마 녘으로부터

바람이 불어오는 곳에서 너는 시작된다
하나의 티끌로서
한 점의 시초로서
너는 펜이
종이 위에 무언가를 끄적이거나
바람이 불기 훨씬 이전으로
거슬러 올라서서는
너의 근원에 대해 골몰하는 것이다

바람이 불어오는 곳과 그 너머에 대해
너는 존재하거나
존재하지 않는 과거이거나
혹은, 빈 백지 위를 서성거리며
확신할 수 없는 미래에 대해 생각한다

그저 소명할 수 없는
말이 형성되기 이전의 어떤 눈짓이나
손짓에 관해
너는 관대하지만
결코 관대하지 않은 기억의 어딘가에서
부서진 채 사라져 버린
너의 조각들을 찾아 나선다

너는
지나간 어디에든 있었거나
혹은 없었으므로
무엇인가 완전무결한 것을 꿈꾼다
결코 범접할 수 없는 어떤 영역과
그 연혁에 대해
너는 늘 숙고하고, 고찰했으나
그조차 이미 쓰이고는
지워져 버린 옛일이 된다

말한 말과 말 중인 말과
생각이 점화되어
곧 시작될 말들의 난무 속에서
너는 어떤 구원을 갈망하지만
이미 더 이상 아무런 것도 없다
아무런 일도 일어나지 않는다
바람이 불어오는 곳에서 너는
너의 꺼져 가는 생명과
소멸해 가는 낱낱 입자들이
증발하는 것을 본다

하나의 티끌로부터 완성되어 가는
너의 모든 것은
주체인 너로 인해 이제부터 달리하리란 것을

그것만이 사실인 현재 지금 이 순간으로부터
멀리 있지 않은 어떤 시초인 너
무엇인가의 근원이며 뿌리일 너의 태초는
우주를 통틀어 오직 너뿐이라는 사실은
이제 너의 삶과 태생의 한계조차 넘어서서
다시 시작하는 너의 날개가 된다

상상한다는 것은 너의 구원이며
동시에 우리의 구원
너는 너의 불타오르는 이마 녘으로부터
비롯되어
이 모든 것을 아우르며
어떤 빛의 형태를 지닌
그 머나먼 시원을 바라다본다

꽃이 지네 2

형을 죽인 아우들이 그린 세상을
우리가 살고 있고
그 아우들이 형수를 겁탈해 태어난
자손 중에는
우리가 있을 수도 있다
우리는 세대를 초월한 악을
이미 인정한 바 있다

묵념

바람이 오는 길목을 서성이던 아이가
하얀 손짓을 따라
점점 더 멀어져 가리란 것을 안다
그 늘어뜨린 어깨의 작위적인 떨림을
나는 이미 알아차리고 있었다
그렇기에 버려지는 모든 것들은
늘 바람의 냄새를 유념해 기억하지
바람이 오는 길목을 서성이던 너는
햇빛이 찬연한 물가 어디인가로 증발한다
마지막일 거란 걸 까맣게 모르던 너에게
흔들어 주던 하얀 손짓을 따라
그 물가 끝 어디쯤인가
젖은 나무 등걸 위에 우두커니 걸터앉은
그림자 하나
오래전부터 물결 속에 발을 담그고
발 장난 치고 있었다

조정숙 그림

갈대를 위하여

마음의 직립 이후로도
줄곧 흔들려 온 빈자는
저물녘이면 강가에 서서
지는 노을을 바라다보곤 했습니다
살붙이 없이 홀로 유배된 땅
그곳이 바로 이곳이라고
제 뿌리의 근간은 살피지도 않은 채
갈대는 정처 없이 지는 노을만을
바라다보곤 했습니다

그러던 어느 매서운 폭풍 휘몰아치던 날
갈대는 차라리 그 바람에 꺾여
생을 마감코 말리라던 제 다짐에도
아랑곳없이
세찬 바람이 불어오면 눕고
다시 잠잠해지면 일어서는
자신의 육체 안에는
육체 이상의 어떤 힘이
잠재되어 있는 것을 느낄 수 있었습니다

그 바람 마침내 자고
환한 달빛이

머리 위에서 곱게 내리비칠 때
아아
그는 깨달을 수 있었습니다
바람에 살짝 드러난 뻘흙 아래에는
자신의 뿌리와 굳건하게 연결된
또 다른 갈대들의
질긴 뿌리가 있었다는 것을

이제 하나의 뿌리로 통하는 사랑을 알고
실천하는 그는 울지 않습니다
아무 바람결에나 함부로 몸을 내맡긴 채
슬픔만을 키워 왔던 갈대는
더 이상 예전의 무지하기만 했던
빈자가 아닌 것입니다

제6부

안쓰러워 마세요

누구나 가난했던 시절
열넷이라는 나이에
대장간에 취직해
불에 달궈진 시뻘건 쇠를
집게로 집느라
어느 순간 오그라들어
더 이상 펴지지 않는
저의 손을 감싸 쥐고
울먹이시던 어머니
이제는 더 이상 아파 마세요

비록 가난으로 인해
배움은 짧았지만
부지런한 당신을 본받아
허튼짓 한 번 하지 않고
뜨거운 불 앞에
당당히 살아온 제게
더 이상 미안한 마음을 갖지 마세요

일찍 아버지를 여읜 우리 사 남매를
홀로 억척같이 키워 주신 당신
당신에게는 그저 어리기만 했던

막내둥이인 저도
어느덧 어엿한 기능장이 되어
단란한 한 가정을 이루어
행복하게 살고 있으니
어머니
더 이상 슬퍼 마세요

오히려 좀 더 일찍 성공해
당신을 편하게 모시지 못한
제가 불효자인데
아직도 꿈속에 나오셔서
제 손을 어루만져 주시는 당신
이제 저도 나이가 들어
부모가 되어 보니 알겠습니다

비록 제가 고된 삶을 살았지만
당신으로 인해
올바른 길을 걸을 수 있었고
제 아이 또한
그러하리란 것을요
진실한 삶의 모습을
보여 주는 것만으로도
어린 자식의 가슴에는
빛나는 별이 하나 새겨진다는 것을요

어머니, 내 사랑하는 어머니!
이제 그만 모든 슬픔을 내려놓으시고
다시 뵙는 그날까지
자유로운 바람으로, 구름으로
훨훨 세상 유랑이나 하시며
더 이상 저를 안쓰러워 마세요
아파 마세요

싱글벙글 슈퍼마켓 점원

싱글벙글 슈퍼마켓 점원
웃어른들께 예의 바르고
동네 아이들과 어울려 공놀이 잘하던

미장원 미스 최 바람나 떠난 뒤
드문드문 슬픔을 머금던
미소년 같은 그 점원

지금은 어느 동네
어느 골목
배달 오토바이로 누비며
single로 벙글거리며
single로 소주 마시며
떠돌까

언제나 single벙글 웃던
그 점원이 떠난 슈퍼마켓 낡은 간판
벙글 떨어지고
지금은 single만 남아

아파트 단지 귀퉁이
듬성듬성 고여 있는 아이들

느티나무 밑의 유년

교정에 서 있던 느티나무는
까마득하게 높았다
바람이 불 때마다 수많은 활엽들은
대대적으로
박수를 쳐 대곤 했다
야외수업 없이 일찍 학교가 파하는 날이면
계집애들은 어김없이
그 큰 나무 밑에 삼삼오오 모여들어
고무줄놀이를 했다

한참을 지켜보다 보면
점점 높아지는 고무줄의 수위 밑에서
치마 입은 고 계집애가 까르르 웃어 젖히며
회전하는 모습을 볼 수 있었다

나는 그 아찔한 광경을
아무도 눈치채지 못하게
운동장 제일 가장자리에 있는
철봉 위에 거꾸로 매달린다거나
미끄럼틀 위를 오르락내리락거린다 하며
오래도록 훔쳐보았다
그러면

무언지 모를 내 가슴속의 콩닥거림이
고 계집애의 하얀 발끝 따라
하늘 저 너머로 방목되고는 하였다

해 질 녘이면 아이들이 다 떠난
텅 빈 교정의 느티나무 밑어
나는 오래 더 서 있어야 했다
그러면 방목된 가슴속의 콩닥거림들이
한 무더기 별이 되어
어둑해진 하늘 어귀에서
돋아 오르는 것이 보였다

그 별빛들을 하나하나 어루만지면서
오래 걸어 집으로 향하던 그때
아마도 전학 가 버린 고 계집애는
제 숱 많은 단발머리 끝에 맺혀 찰랑이던
그 별들의 가슴 아린 반짝거림을
끝끝내 다 헤아려 내지 못했을 것이다

그 얼마 동안의 기억이
내가 미리 마중 가 경험한
삶의 아픔에 대한
자학 너머에서 빛 발하는
가슴 싸한
그리움의 전철이었다는 것을

깨닫기까지
세상 속에 등장인물들은
모두가 나의 적이었다
나는 혼자 하는 고무줄놀이를
작파하고자 다짐했다
하늘에 맨 처음 돋는 별을 보면
커다란 느티나무 밑에 한참을 서 있던
아이의 끊어진 고무줄이
그 별에 매달린 채로
손에 닿을 듯 말 듯
그 아이의 작은 키를 가위 누르며
자라 오르게 해 주는 것이 느껴졌다

눈물의 저편

오래지 않아
내 사랑
이루어지리라

자라 오른 눈물이
내를 이루고
바다로 향하는 강을 이루고
마침내 나조차 목젖까지 잠기는
황혼을 맞으면

내 사랑
가없는 하늘의 이랑마다
파르스름한 별빛들로 돋아나
더욱 빛나리라

봄강 2

오지 마라고
불행에게 소리를 친다
저리 꺼지라고 거듭된 불행에게
악다구니를 써 본다
나의 의사에 준한 불행의 몫
나의 예상에 부합하는
그림자 형상의 불행
이라면 기꺼이 맞아
헤쳐 나아갈 만하겠지만
불행은 결코
예상한 대로 오지 않았다

너를 송두리째 망치는 불행
너덜너덜해진 정신을
가시밭길로 질질 끌고 다니며
이따금 잘근잘근 짓밟는 불행의
그 크고 완강한 힘에 의해
너는 몇 년째
무너져 내리고 있었다

언젠가 다시 만난 너는
모든 것을 다 내려놓은 듯

차분해 보였고
그 슬픔을 가득 머금은
그윽한 눈동자가
유독 도드라져 보일 때
말을 이었다

'나 곧, 죽는대'

불행은 그런 것이었다
멀리하려면 할수록
더 깊이 내재되는
마치
오래전부터 갖고 있었던 듯한
무슨 표식 같은 그런 것

나는 모든 불행이 비껴가는
삶을 원하지는 않지만
태어난 이상
약간의 배려가 내포되어야 한다고
문득 생각했다

마른 눈물 너머의 너는
여전히 다정하게
나를 향해 웃고 있었다

노오란 송홧가루가
아득히 날리는
마지막 봄날의 어느 저물녘이었다

꽃잎 저편에 당신이 있네

당신 모습이 깃든
이별마저 그립기에
노을이 오네

노을빛에 아롱진
꽃잎 저편에
당신이 있네

지랄하고 자빠졌네

아버지께 물려받은
논 한 배미
밭 한 뙈기 허투루 하지 않고
장가도 못 간 채
평생 농사만 지은 형

그 어리숙한 형이
말하네
고향에서 함께 살자고
물려받은 재산 다 객지에서 말아먹고
도박에 빠져 어떻게든 지 재산
뺏으러 온 못된 동생을 보고
농사지어 번 돈이라며
팔백만 원을 내밀며
다 정리하고 내려와서 함께 살자고 하네

학교 점심시간에 간식으로 나온 건빵을
입 한 번 대지 않고
고스란히 가져와
별사탕 같은 환한 웃음을 지으며
내게 건네주곤 하던 형

읍내 불량배들과 어울려
아버지께 매질을 당할 때도
대신 매를 온몸으로 막아 주며
'도망가!'
'도망가!'
하고 말하던 천치 같은 형

'저리 꺼져! 이 등신새꺄!'
아무리 욕을 하고 모질게 굴어도
항상 웃으며
어눌한 말투로
'내— 동생, 내— 동생, 김—처언—수.'
하며
항상 나를 감싸 주던 그 등신이
지 등골 빼먹으러 온 내게
쌀 팔고, 고추를 따다가 말려
힘들게 만들었을
돈 팔백만 원을 손에 쥐어 주며
같이 살자 하네

나는 그 돈을 빼앗듯 들고 뛰쳐나와
뒤도 안 돌아보고 차를 몰아
길을 나섰네

‘병신 같은 게
지랄하고 자빠졌네’

마구 몰아대는 낡은 차는
몹시도 덜컹거렸고
두 눈에서는 자꾸 뜨거운 게
차올랐지만

‘니기미~
지랄하고 자빠졌네
지랄하고 자빠졌어’

차는 끝내 길가 논두렁에 처박혔고
시동도 꺼져 버린 차 안에서
들려오는 낮은 흐느낌
휘영청 달 밝은 한가위 무렵이었네

사랑은 형태를 바꾸어

사랑은 형태를 바꾸어 오네

무심코 흘려듣던
자장가의 구슬픈 곡조를 타고
때로는
절로 흐르는 눈물을
머금은 채로

사랑은
수천의 빛과 바람결로 형태를 바꾸어
언제 어디서든
오래 혼자였던
당신의 슬픔을 어루만져 주네

조정숙 그림

우리 색시는 달처럼 이쁘다

팔푼이라고 놀림 받던 득수 씨
사십이 넘은 나이에
장가를 들었네
동네 사람마다 붙잡고
연신 웃으며 말하네
'우리 색시는 달처럼 이쁘다'

얼마 지나
첫아들 얻어 신이 난 득수 씨
동네 사람마다 붙잡고
함박웃음 지으며 말하네
'우리 아들은 토끼처럼 귀엽다'

낡고 허름한 살림살이에도
웃음을 잃지 않던 득수 씨 가족
뭐가 그리 급했는지
지난 폭우로 일어난 산사태에
모두 다 파묻혀 버리고
동네 사람들 걱정 어린 눈빛으로
굴삭기와 함께 삽을 들고
흙더미 여기저기를 파헤치는데

득수 씨는
달처럼 이쁜 색시랑
토끼처럼 귀여운 아들을
양손으로 꼭 끌어안고
깊이 잠들어 있더란다

비 그쳐 더 맑아진
밤하늘 가득
서로가 서로를 소중히 품고
고이 잠들어 눈부시게 빛나더란다

우리의 사랑은 늘 시험에 들 테지만 4

아프게 피어난 꽃이 빛나는 것은
그 아픔에 대하여 충실했다는 뜻이다
슬프게 져 버린 목숨들이
사는 내내 가슴을 저리게 하고
세상 가장 누추하고 낮은 곳에서
자신을 허물어
때로는 빛이 되는 이들이 있다
무엇을 해야 하고
무엇을 위해 살아야 하는지
의문이 든다면
아프게 피어난 꽃들과
빛이 된 이들의 발자취를 따르라
무릇
생명이 다하고 저무는 곳에서
늘 새로운 생명은
다시 잉태되어 깨어나고 있었으니
지금 무언가 이루지 못하고
떠나야 하는 것을 아쉬워도 마라
시간이 흐른다는 것은
좀 더 공고해진 희망을
마중하는 일이었으니

그 소임에
기꺼이 밑거름이 되어 잊힌다 한들
서러워도 마라

제7부

한 아이를 위한다는 것만으로도

아이는 하늘이다
아이는 천국이다
아이를 보살핌으로 하여
너의 지은 죄를 씻을 기회를 주신
하늘의 축복이다

최재훈 그림

당신을 내 빛으로 삼아

당신을 내 하늘로 삼아 사네
그러면 오랜 이별의 상처에도
별이 뜨고
가끔은 글썽이는 비를 머금은
바람이 부네

가없는 마음에 닻이 되어 준
당신이라는 하늘을
나는 믿었네
햇살에 눈물 어려 번지는
그 하늘에 기러기 떼 오가네

당신을 내 빛으로 삼아 사네
그러면 오랜 실연의 슬픔에도
꽃이 피고
가끔은 그렁그렁 비를 머금은
구름이 몰리네

가없는 마음을 고스란히 품어 준
당신이라는 빛 속에 머물 수 있어
행복했네
나를 포근히 감싸 주는
그 빛 속에서 내가 영원을 사네

사랑은 속절도 없이

뙤약볕을 맞고 선 이의
그늘이 되어 주는 것
그것이 사랑이었네

때로는 어둠 속에 갇혀
갈 곳 몰라 하는 이의
빛이 되어 줄 수 없어
가슴 아파하는 것
그것이 사랑이었네

무엇인가 되어 주고
되어 줄 수가 없어
기쁘기도 하고
슬프기도 했던
그 엇갈리기만 했던 세월들을
묵묵히 견뎌 낸
한 그루 고목처럼

떠가는 구름에게 안부를 묻고
밤이면 별빛들을 불러 모아
서로를 그리며

사랑은
모든 것을 다 내어 주고도
더 주지 못해 안타까워하는
나란하고, 어여쁜 마음이었네

빛의 길 3

우리는 때로 영원에 대해 이야기하지
빛의 저편 너머
모든 것이 처음일 적막과 고요 속에서

우리가 지켜야 할 가치를 바로 세우고
그것을 실현시키기까지
우리가
숱한 어둠의 소용돌이 속을 통과해
다다른 곳이
과연 이곳일 수밖에 없는가

우리는
때때로 잠시 멈춰 서서
서로 마주 보며 미소 짓기도 하지만
그 미소 너머
가려진 진실은 늘 우리를
고독하게 만드네

삶이란
혼자 견뎌야 하는
폭풍 앞에 허수아비와도 같은 것

우리는
흩어지는 서로의 모습을 바라다보다가
흐느끼네

우리는 철저히 고독했으니
그 고독의 절정에서
다시 꿈을 부르는 숨결을 가다듬네

누군가를 의지해야
버틸 수 있는 지금
사랑은 높고, 위대했으나
서로가 접점이 없는 사랑을
해야만 한다는 것은
늘 치명적인 슬픔을 내포하고 있었네

그러기에
다시 또 누군가를 사랑한다는 것
그리워한다는 것
눈을 감는다는 것
그것은 결국 영원에 대해 얘기하는 것
이곳에 있지만
때로 너무 멀리 있는
너를 찾아 나선다는 것

우리는 결국 언젠가는
마음속 깊은 얘기를 꺼내 놓지
모든 것을 내려놓은 듯한 표정으로
감정이 진실을 마주하며 요동칠 때
빛의 저편 너머에서
마지막 혼신의 힘을 다한
빛 알갱이들의 반짝임처럼
우리 모두가 눈부셨을 그때처럼

우리는 그렇게 떠나가는 한 생애를
가만히 응시하며
다시 시작해야 한다는 것을 알게 되네

이주희 그림

11월

쓸쓸한 날들을
오롯이 느끼며 걸어요

삶이란
슬픔과 함께하는 법을
배워 가는 것

누군가를
알고, 사랑하고
떠나보내는 것 또한
너무 아파 마세요

우리가 이별을 말할 때

꽃이 핀 그 길목마다
당신은 환하게 켜져 있습니다
당신은 한 아름 안고픈
뭉게구름 속에도 깃들어
빛납니다

비가 흩날리는 그 골목에도
당신은 켜져 있습니다
제가 살아가는 내내
저와 늘 함께 할 당신을
또 생각합니다

우리가 이별을 말할 때
기다린다는 말은
차마 하지 않았지만
당신이 머무시는 그 어느 곳에서든
저도 환하게 켜져 있기를 빕니다

잎새의 저편

내 그리움이
비로소 다다른 곳
푸른 산 능선 저 너머로
바다가 빛날 때
가만히 멈춰 서서 너를 생각하네

나는 아무도 가지 않는
헐벗고 가난한 길을 나섰네
나는 사랑을 믿지 않았지만
어느 순간 그 사랑이란 것에
내 모든 것을 걸었네

둥근 바다와 둥근 하늘을 지나
꿈꾸는 뭉게구름처럼
그 옛 잊어진
8월의 비가 시작되는 곳에서
너를 기다리네

조정숙 그림

가느다란 빛을 따라 너에게로 향하네

가느다란 빛을 따라
어둠 속을 걸어가네
끝이 없을 것 같은 이 어둠 속에서
빛의 입자들은
너의 손길처럼 나를 감싸 주네

우리의 짧은 만남은
비록 온 생애를 거슬러 오른다 해도
다시 이어질 순 없겠지만
남은 생을 견디게 하는
어떤 힘을 지녔네

가느다란 빛줄기를 따라
어둠 속을 걸어가네
눈물에 젖은 생애를 돌이켜 보니
서러움 더더욱 복받쳐 오르네

어떤 가슴 아픈 이별 뒤에도
우리는 우리의 최선을 다했으니
이 모진 시련 끝에도
나는 너를
언제 어디서든 알아보리라

가느다란 빛을 따라
네게로 향하네

우리는 이미 천국을 아네

142

슬픔에 슬픔을 더하면
너를 그리게 되지만
슬픔에 슬픔을 곱하면
너조차 잊는 것을 아네

깊이를 더한 슬픔이
유독 맑은 빛을 띠는 것은
밤하늘의 별빛들처럼
자신을 에워싼 어둠을
밝힐 줄 안다는 것이니

오래 슬픔이 깊으면
눈물과 회한의 절정을 지난
어떤 아득한 미소가
지긋이
머금어지기도 함을 아네

우리의 사랑은 늘 시험에 들 테지만 5

팔 하나가 없다고
당신을 사랑하지 않는 것이 아닙니다
다리 하나가 없다고
당신을 사랑하지 않는 것이 아닙니다

단지 그 이유 때문에
절망한 채
모든 순간을 헛되이 보내는
당신을 사랑할 수 없을 뿐
두 팔이 없어도
두 다리가 없어도
당신을 사랑할 수 있습니다

제가 사랑하는 것은
당신의 겉모습이 아니라
모든 절망을 딛고 우뚝 설
당신의 굳건한 영혼이기 때문입니다

하리항 근처

별빛이 가리키는
작은 오솔길을 따라
꽃들이 불 밝힌 바닷가 둑방길을 따라
푸른 빛들이 넘실거리는
파도 위를 따라
작은 파문만을 남겨 둔 채로
떠나간
내 너의 모습을 그리네

너는 늘 묶여 살았기에
다시 이뤄지는 삶은
늘 어딘가로 향하거나
어느 바람의 한 결을 따라
세상을 자유로이 넘나들으리

덕분에
저 산 너머에도 너는 있고
저 바닷가 해변에도 너는 있고
먼 하늘 어느 공간 속에도
너는 있네

너는

내 너이기도 하면서
세상 모든 곳에 속하기도 하기에
언제든 우리는
서로를 감싸안는 한 줄기 바람결로 만나
환하게 미소 지을 수도 있네

최재훈 그림

후기

몇 편의 그림을 더해
시집을 좀 더 풍요롭게 꾸며 보았다

함께해 준 벗들에게 감사의 말을 전한다

이 시집이
힘겨운 삶을 살아 내는
누군가에게
따스한 위로가 되었으면 좋겠다

가을빛으로 깊어 가는
김포 가현산에서

한 시 원 드림

우리의 사랑은 늘 시험에 들 테지만

ⓒ 한시원, 2026

초판 1쇄 발행 2026년 1월 3일

지은이   한시원
펴낸이   이기봉
편집   좋은땅 편집팀
펴낸곳   도서출판 좋은땅
주소   서울특별시 마포구 양화로12길 26 지월드빌딩 (서교동 395-7)
전화   02)374-8616~7
팩스   02)374-8614
이메일   gworldbook@naver.com
홈페이지   www.g-world.co.kr

ISBN   979-11-388-5155-8 (03810)